Kulturhistorische Betrachtungen
des Klabautermanns

Kulturhistorische Betrachtungen des Klabautermanns

Neuntes Bändchen

Aktivitäten des Klabautermanns
sowie die Dialogsagen der Gruppe
„Szene zwischen zwei Klabautermännern"
mit einem Exkurs „Klabautermärchen"

© 2015 Harmel, Siegfried:
Aktivitäten des Klabautermanns
sowie die Dialogsagen der Gruppe „Szene zwischen zwei
Klabautermännern" mit einem Exkurs „Klabautermärchen".
In: Kulturhistorische Betrachtungen des Klabautermanns.
Neuntes Bändchen.
Einband von Cornelia Harmel.
Das „Logo des KCfD" befindet sich im Besitz des Autors.
Satz, Umschlaggestaltung, Herstellung und Verlag:
BoD – Books on Demand.
Norderstedt 2015. 44 Seiten.

ISBN 978-3-7386-6754-7

Inhalt

1. Aktivitäten des Klabautermanns................7
   Praktische Hilfe an Bord......................7
   Warnungen und Befehle sowie Strafen
   des Schiffsgeistes............................13

2. Szene zwischen zwei Klabautermännern..........19
   Zwei Klabautermänner streiten sich............19
   Zwei Klabautermänner auf einem Wismarer Schiff...20

Exkurs Klabautermärchen..........................21
   Die Schifferfrau und der Klabauter............22
   Der Klabauter erzieht die Maschinenkerle......26
   Der Klabauter plagt die Wucherer..............30

3. Literaturverzeichnis..........................37

Über den Autor...................................41

1. Aktivitäten des Klabautermanns

Praktische Hilfe an Bord

Der Klabautermann, allenthalben als übernatürlicher Schutzpatron der Seeleute anerkannt, **behütet das Schiff vor Feuer, verhindert sein Stranden und andere Heimsuchungen.** Nach dänischem Seemannsglauben soll sich der Klabautermann sogar nützlich machen, bevor es das Schiff überhaupt gibt, indem er Zeichnungen für geplante Schiffsbauten anfertigt.

Auf jedes Leck gibt er Acht bzw. repariert es bei Nacht. Der Schiffskobold arbeitet mit Vorliebe nachts, wie es der Hausgeist auch gern tut. **Er hält losgerissene Planken, den (verfaulten) Mast oder das Ruder während der Reise fest.** Drohen Gefahren, von denen Kapitän und Besatzung nichts ahnen, übernimmt der Klabautermann das Schiff und wacht über dessen Schicksal.

Er weiß, wann und wo seine Dienste gebraucht werden, und behebt Schäden, die der Crew gar nicht bekannt sind. Vielfach hilft er, ohne dass dies an Bord entdeckt wird. **Er findet Defekte heraus, indem er solche Stellen überprüft, von denen verdächtige Geräusche ausgehen.**

Für die Fahrensleute vergangener Jahrhunderte war die Existenz des Klabautermanns unumstritten. Sie sagten, sobald das Schiff bei hoher See knarrte und ächzte: „**Der Klabautermann arbeitet und staut die Ladung nach.**" Oder sie meinten, er verschiebe den Ballast des Schiffes von einer Seite auf die andere. Man könne ja das Klopfen und Rumoren deutlich vernehmen. Auch würden durch sein emsiges

Treiben Fässer, Kisten, Balken und Bretter geräuschvoll dröhnen.

Bereits 1906 erläutert HENNIG in seinem Werk „Der moderne Spuk- und Geisterglaube. Eine Kritik und Erklärung der spiritistischen Phänomene": *„Wer Geistertöne hören will, dem wird es niemals schwerfallen, sie wirklich wahrzunehmen."* Er setzt weiter unten fort: *„Kommt gar noch das machtvolle Suggestivmittel der Furcht und Aufregung hinzu, so kann am nächsten Morgen nach durchängstigter Nacht die schauderhafteste Gespenstergeschichte als wirklich gehabtes Erlebnis fix und fertig sein, der keine Kritik mit Widerlegungen beizukommen vermag. – Die Nacht ist die Mutter der Gespenster und die Furcht der Vater"*[1]*. *„So, wie die Puks auf den Böden und Treppen spuken, lärmen und trampeln, so tut es das Klabautermännchen an Bord des Schiffes, und wer einmal eine Nacht an Bord eines Schiffes geschlafen und das Knacken, Krachen, Knistern, Poltern, Schnurren, Pochen, Puffen, Klütern und Klabautern der Bretter, Stricke und Masten gehört hat, der weiß, dass das Klabautermännchen diesen, so wie auch seinen anderen Namen, den des ‚Klütermännchens', mit vollem Rechte führt"*[2].

Auch WOSSIDLO machte zum Vertrauen in den Klabautermann einige Anmerkungen und berichtet von Leuten, die fest an ihn glaubten. Er zitiert einen Erzähler, der an der Backbordseite ein kleines, scheinbar zweckloses Holzstückchen angebracht fand und ausrief: *„Dat wir de Klabatersmann. De Kaptain hadd vääl ollen Seemennsgloben."* Und abschließend äußert er sich dann zur Existenz des Klabautermanns wie folgt: *„Wenn man in Läbensgefohr is, maalt man sik sowat uut"*[3].

---

* Vgl. die Anmerkungen am Ende dieses Kapitels ab Seite 17.

Dem Grundtenor der Sagen zufolge war der Klabautermann stets um die Seetüchtigkeit des Schiffes und die Sicherheit der Besatzung bemüht. Deshalb führte er viele Arbeiten selbst aus, was schon beim Schiffbau begann. Man war überzeugt, der Klabautermann tue alles Notwendige gern – jedenfalls immer erfolgreich: Er untersuche oder beobachte vielerlei, was der Aufmerksamkeit bedurfte, achte aber zugleich darauf, dass jeder aus der Mannschaft seinen Anteil leiste.

Wiederholt wird erzählt, der Klabautermann rüste das Schiff für die Reise mit aus oder er richte manches nachts wieder her, was tagsüber an oder unter Deck zerbrach, vornehmlich das, womit der Zimmermann nicht zurechtkam. **Der Sage nach inspiziert der Schiffspatron regelmäßig sämtliche Winkel und Masten oder dichtet schwer zugängliche Lecks ab.** So findet man hin und wieder kleine Holzstücke, die offenbar von ihm zurückgelassen wurden.

Nicht immer – so will es die Sage – nimmt er jedoch Ausbesserungen eigenhändig vor. Manchmal weist er nur mit seinem Holzhammer auf Schäden hin oder pocht außen an die Planken, um dem Zimmermann Schwachpunkte zu zeigen.

Die liebste Beschäftigung des hilfreichen Kobolds soll das Hämmern und Klütern im Frachtraum sein. In Friesland legt man ihm deshalb oft Holzenden hin.

Manchmal bereitet er verschiedene Reparaturen für die Matrosen vor oder erledigt schon einen Teil davon. Bei besonders schwierigen Tätigkeiten hilft er den Seeleuten, die hinterher staunen, wie leicht alles zu bewältigen war.

Er kontrolliert das Tauwerk und hält es in Ordnung, flickt durchlöcherte Segel, bindet zerrissene Taue zusammen oder ersetzt sie. Gelegentlich aber reißt an Bord ein Tau ohne ersichtlichen Grund. Suchen die Männer vergeblich nach der Ursache, war es eben der Klabautermann. *„Bei Sturm huscht er auf die Masten hinauf und schwenkt die Geitaue so geschickt hin und her, dass die Segel nie mit voller Fläche gegen die Windsbraut stehen, auch sieht er zu, dass die Rahen nicht zersplittern"*[4].

Verwundern dürfte die Mitteilung, dass er für die Matrosen sogar näht. Dabei ist das gar nicht abwegig, denn Klabautermänner haben ja keine Frauen, die ihnen die Kleidung instand halten. **Natürlich ist der gute Schiffsgeist auch beim Segelsetzen und -bergen behilflich. Außerdem kommt er zum Steuermann und dreht die Segel, um eine Zerstörung des Schiffes abzuwenden, oder packt beim Hieven des Ankers mit an.**

Nach einer pommerschen Sage bedient der Klabautermann nachts das Steuerruder, damit Klippen sicher umfahren werden. MÜLLER berichtet, der Unsichtbare gehe den Matrosen obendrein beim Ausguck zur Hand[5]. In einer estnischen Sage wendet er das Ruder, als das Schiff einem gefährlichen Kurs folgt. Vielfach soll der Schutzpatron den gebrochenen (oder morschen) Mast gehalten sowie selbst das Lenzen (Auspumpen von Wasser) besorgt haben.

Ferner heißt es, der Klabautermann beteilige sich hin und wieder an der Schiffsreinigung und wasche das Schiff. Hilfe beim Entladen der Fracht wird nur in einer einzigen pommerschen Quelle erwähnt.

Sowohl Reinhard Johannes BUSS als auch Helge GERNDT geben Auskunft über den historischen Wandel im Wesen des Klabautermanns.

Ersterer stellt heraus, der Geist sei in allen frühen Berichten bis zur Mitte des 19. Jahrhunderts *„als eine wohltätige Kreatur* *mit einer potenziellen schrecklichen Seite aufgefasst"*[6] worden. Nach BUSS' Selbstverständnis sind hier Einzelsagen vom Klabautermann als *"Bericht von einer Begegnung mit einem übernatürlichen Wesen" gemeint*[7].

GERNDT betont, dass man in früheren Jahrhunderten mehr von „guten" Klabautermännern sprach, während im 20. Jahrhundert der Klabautermann mitunter Furcht einflößende Züge eines „Unglücksbringers" annahm [8]. So heißt es auf Wangerooge: *"Der Klabautermann ist dagewesen, das ist ein schlechtes Zeichen für die Reise"* [9]. Eine gruselige Beschreibung der Sagenfigur gibt FRISCHBIER in der Monatsschrift für Volkskunde „Am Ur-Quell" im Jahre 1890: *"Ein gräulicher Fischkopf sitzt zwischen den spitz hervorstehenden Schultern. Auf seinem Kopfe hat er langes, struppiges Haar, der geöffnete Rachen ist blutig und in demselben sitzen lange, gelbe Zähne, mit welchen er grinsend fletscht. Die Augen sind wie glühende Kohlen und sein Gewand ist weiß. So beschreibt uns der Matrose Joh. Fr. Coltzau aus Delve im Dithmarschen den Klabautermann"* [10].

Diese grausame Kennzeichnung wird – wie FRISCHBIER selbst bemerkt – von nur einem Matrosen gegeben. Sie passt nicht zu dem gesamten Materialkorpus der Klabautermannsage. BUSS weist darauf hin, dass eine solche Beschreibung die Angst in den Augen eines Beobachters porträtiert, der einen Geist erschaut, auch wenn dieser gewöhnlich wohltätig sein soll. *"Die Gültigkeit der Daten kann daher richtigerweise bezweifelt werden"* [11].

GERNDT hat die Beschreibung als literarische Vorstellung des Schiffsgeistes „entlarvt" [12].

Trotzdem soll eine diesbezüglich ähnliche Überlieferung nicht ungenannt bleiben: WERNER spricht schon 1869 vom Klabautermann als „tückischem Unhold", *"und wo der sich einmal eingenistet hat, da lebe wohl guter Wind und glückliche Reise! Nebel, Regen, Windstillen und schlechtes Wetter sind seine steten Begleiter ... Wenn ein Unglück passiert oder ein Sturm im Anzuge ist, kauert er auf der Mittelwache von 12 – 1 Uhr unter dem Bugspriet"* [13].

Im 20. Jahrhundert *„ist der Klabautermann dann oft ein gespenstisches Wesen der See, ein Ozeangeist, der über die Wellen gegangen kommt und an Bug, Heck oder Besanwant an Bord steigt"* [14], hauptsächlich über außenbords hängende Tauenden.

Eine besondere Situation ist in Dänemark anzutreffen. Dort war bereits seit langem der sein Schiff beschützende gutmütige „nisse" (auch „skibsnisse") bekannt. Dieser entspricht dem Klabautermann Norddeutschlands. Ende des 19. Jahrhunderts tauchte ausschließlich in diesem skandinavischen Land zusätzlich der „klabatermand" auf. Selbiger besetzt nun eine in den Klabautermann-Sagen durchaus vorhandene Seite der Figur. Er entsteigt – angetan mit Ölzeug – dem Meer und kündigt an Bord des Schiffes Tod und Verderbnis an.

Im Konsens mit der untersuchten Quellenmehrheit war der Klabautermann überwiegend ein Glücksbringer, *„en von de ganz goden Geister"* [15] – ein Fazit, das in einer gängigen Mecklenburger Redewendung bekräftigenden Ausdruck fand. Dort sagte man, nachdem jemand eine schnelle Schiffsreise absolviert hatte: „Hest wol 'n Klabatersmann an Buurd hatt" [16].

Auf den Boden der Realität holt uns indes FISCHER in seinem „Buch vom Aberglauben" zurück, wenn er feststellt: *„Der Neid ist die gewöhnliche Ursache, warum Koboldgeschichten erdichtet werden. Wenn jemand durch Sparsamkeit, Fleiß und Geschicklichkeit reich wird, so sagt der Neider, er habe den Kobold"* [17].

Warnungen und Befehle sowie Strafen des Schiffsgeistes

Viele seltsame Geräusche und Klopflaute, vermeintlich vom Klabautermann verursacht, waren Anlass für ein Netz unheimlicher Vorstellungen, sowohl an Bord als auch an Land.

Man wollte den Klabautermann Tag und Nacht gehört haben, wie er mit allerlei Getöse auf dem Schiff hantiert, bei drohender Gefahr jedoch verstummt. Länger anhaltende Stille wurde als sein Verschwinden gedeutet – ein sicheres Zeichen dafür, dass das Schiff von seiner nächsten Reise nicht zurückkehrt. Auch besonders starkes Gepolter galt als schlimmes Omen. Vernahmen die Schiffer solch ein Gerumpel, versuchten sie zu erkunden, woher es rührte und was ihr Schiffsgeist gerade tat. Erzeugte er dagegen übermäßigen Lärm, würde das Schiff sinken.

Doch **gemeinhin warnte der Schiffskobold die Seeleute, sogar die betrunkenen, vor Sturm und Katastrophen. Dazu kletterte er am Mast empor oder setzte sich auf den Klüverbaum, jammerte, stöhnte, schrie oder klopfte.**

Falls der Kapitän gerade schlief, weckte der Klabautermann ihn. Wie es heißt, rettete der kleine Schutzgeist schon manches Schiff, indem er den eingenickten Steuermann unsanft an der Jacke oder am Bart zog, bis der Schlummernde erwachte. Oder der Eingeschlafene bekam einen Schlag auf den Mund. Manchmal rief er den Kapitän und wies den Seefahrern die Richtung, die das gefährdete Schiff zu seiner Rettung einschlagen sollte.

Immer schien es den Schiffsleuten geraten, die Warnungen des Klabautermanns zu beherzigen. So nahmen sie sein

Hämmern an den Wanten als Vorboten eines Unwetters. Meinten die Männer, ihres Schutzpatrons plötzlich ansichtig zu sein, hielten sie das gleicherweise für ein Vorzeichen heraufziehenden Sturms. Legte der Klabautermann gar die Hand aufs Ruder, sahen alle darin einen Fingerzeig für den nahenden Untergang.

Rumorte er vor einem Törn laut im Frachtraum, leitete die Besatzung auch daraus ein Warnsignal ab. Es fiel schwer, Seeleute auf einem Schiff anzuheuern, von dem fragwürdige Geräusche zu hören waren, während es noch im Hafen lag.

Die Auffassung, wonach Gepolter, das von der Anwesenheit des Schiffsgeistes künde, als böses Omen zu werten sei, erscheint in den Sagen allerdings selten.

In der Regel zeigt gerade die durch Abwesenheit des Geistes ausgelöste Stille eine unsichere Zukunft der Mannschaft an. BUSS hebt hervor: *„Das Lärmen und der Tumult, der mit dem Klabautermann verbunden wird, ist innerhalb des Glaubens an Schiffsgeister in auseinanderliegenden Regionen rund um die Welt weit verbreitet und bildet eine der elementarsten Vorstellungen, die diese Kreaturen umgeben"* [18].

Aus etlichen Begebenheiten erfährt man, wie resolut der Klabautermann mitunter zu befehlen und zu bestrafen vermocht haben soll. Da heißt es zum Beispiel:

Bei stürmischem Wetter steht er hoch oben in der Takelage und sorgt dafür, dass die richtigen Maßnahmen ergriffen werden. Oder er erteilt in schwerer See das Kommando zum Einholen der Segel, was die Crew auch ausführt. Hinterher stellt sich dann heraus, dass weder Kapitän noch Steuermann diesen Befehl gegeben hatten. Stets aber war seine Befolgung zum Wohle aller gewesen.

Selbst vor einem Unwetter gibt der Schiffsgeist Anweisungen. Er klopft an die Kapitänskajüte und verschwindet in ihr. Danach tritt der Kapitän heraus und informiert die Besatzung über einen in Kürze zu erwartenden Sturm.

Auf den Steuermann übt der Klabautermann gleichfalls Einfluss aus. So gebot er ihm einmal, den Kurs zu ändern und eine ganz bestimmte Richtung einzuschlagen. Auf diese Weise erreichte man am nächsten Morgen ein Schiffswrack und konnte dessen Besatzung retten.

Neben seiner Funktion als vorausschauender Warner wird der Klabautermann auch als ahndender Geist geschildert, und zwar dann, wenn man ihn brüskiert oder durch Verantwortungslosigkeit empört hat.

Er nimmt Sanktionen an denjenigen vor, die ihre Pflichterfüllung vernachlässigen oder sich anderweitig schädigend für das Wohlergehen der Besatzung verhalten. Faule Seeleute maßregelt er mit unsichtbaren Backenstreichen oder zwickt sie. *„Würde das nichts nützen, so würden ihnen unablässig kräftige Püffe und Knüffe von seiner unsichtbaren Hand zugefügt, bis ihnen schließlich das Fell braun und blau anläuft"* [19] und sie rührig und eifrig werden.

Trägen und störrischen Matrosen verpasst er einen Denkzettel, indem er sie stößt und piesackt, bis sie arbeiten. Hilft das nicht, zeigt er sich ihnen und schneidet Grimassen. Dann wissen sie, dass wohl ihr letztes Stündlein geschlagen hat. Der Steuermann wird von ihm geknufft oder geohrfeigt, wenn er seinen Weisungen nicht folgt. Selbst den Kapitän verschont er nicht, sofern dieser betrunken ist und seine Anordnungen missachtet.

Wer es wagt, dem Klabautermann etwas von seinem Essen zu stehlen, dem zahlt er das ebenfalls mit Hieben und Schlägen heim.

Besonders arg ergrimmt, wirft er Feuerholz, Spieren und Ausrüstungsgegenstände durch die Gegend, hämmert gegen die Schiffswände, zerstört allerlei Gerätschaft, behindert die Arbeit der Seeleute und schubst sie. Letzteres vor allem, um die Männer vom Schlafen abzuhalten.

Anmerkungen

1. Hennig; Seite 177 (und 179) ist eine Literaturangabe.
   Die einzelne Quellenangabe bietet den Hinweis auf den Verfasser und die angegebene(n) Seite(n).
   Dabei gibt der Name den Autor im alphabetisch geordneten Literaturverzeichnis an.
   Wenn wir nicht Bezug auf das ganze Werk nehmen, ist dies durch konkrete Seitenzahlen vermerkt.
   Ist ein Autor mit mehreren Titeln vertreten, so werden diese durch die Angabe der Erscheinungsjahre eindeutig gekennzeichnet.
   Im vorliegenden Bändchen wird dort, wo nicht explizite auf einen Verfasser abgestellt wird und es sich um relativ allgemeine, mehrfach belegte Aussagen handelt, keine gesonderte Quellenangabe vorgenommen.
2. Kohl; S. 287
3. Wossidlo; S. 227
4. Aick; S. 98
5. Müller
6. Buss; S. 57
7. Buss; S. 22
8. Gerndt
9. Siebs; S. 60
10. Frischbier; S. 135
11. Buss; S. 23
12. Gerndt
13. Werner; S. 279
14. Gerndt; S. 127
15. Schmidt-Fischerbrock; S. 72
16. Wossidlo; S. 231

[17] Fischer; S. 16
[18] Buss; S. 65
[19] Kunze; S. 34

Bearbeiteter Auszug aus:
Harmel, Siegfried: Der sagenhafte Klabautermann.
Verlag Books on Demand. Norderstedt 2008. 176 Seiten.
ISBN: 978-3-8370-3086-0

2. Szene zwischen zwei Klabautermännern

Zwei Klabautermänner streiten sich[*]

Einmal lagen zwei Schiffe im Hafen. Da trafen die beiden Klabautermänner zusammen und erzählten sich von ihren Fahrten.

„Ja", sagte der eine, „ich habe viel Arbeit auf der letzten Reise gehabt. Eine Seitenplanke riss los. Die musste ich dauernd festhalten, damit das Wasser nicht ins Fahrzeug lief."

„Ach", entgegnete der andere, „dann habe ich es doch weitaus schwerer gehabt. Als wir abgesegelt waren, kam ein Sturm auf und der große Mastbaum brach unten ab. Den habe ich während der ganzen Fahrt halten müssen."

Der Erstere wollte nicht zugeben, dass das ungleich schwerer gewesen war. Darüber gerieten sie in Streit, der sogar mit einer Prügelei endete.

---

[*] *Nach:* **Baier,** Rudolf: Beiträge von der Insel Rügen. In: Zeitschrift für Deutsche Mythologie und Sittenkunde 2 (1855) Seiten 139–146. Seite 141

Zwei Klabautermänner auf einem Wismarer Schiff[*]

An Bord eines Schiffes saßen einmal, wie so oft, die Matrosen der Freiwache zusammen. Sie sprachen über Erlebtes und Gehörtes. Einer von ihnen berichtete:
„In Wismar ist dereinst ein Schiff gebaut worden, für welches zweierlei Holz verwendet wurde, von dem eines schon etwas morsch war. Ein Holzstück wurde zum Vordersteven verarbeitet, ein anderes zum Hintersteven.

Mit jeder Sorte Holz war auch jeweils ein Klabautermann an Bord gekommen.

Die beiden Klabautermänner prügelten sich jede Nacht, so dass die wachhabenden Matrosen den Lärm hörten.

Nachdem der Schiffer sich davon überzeugt hatte, woher der Krach kam, ließ er den einen Steven – eben den untauglichen – ersetzen. Von da an war der Lärm vorbei."

Einer der Zuhörenden meinte dazu: „Es ist ja unglaublich, dass die sich prügeln: Geister können sich doch nicht ohrfeigen!"

---

[*] *Nach:* **Beckmann**, Paul (Hrsg.): Richard Wossidlo: Reise, Quartier in Gottesnaam. Das Seemannsleben auf den alten Segelschiffen im Munde alter Fahrensleute. Carl Hinstorffs Verlag. Rostock 1952. S. 318

Exkurs Klabautermärchen

Märchen sind Prosaerzählungen, die von wundersamen Begebenheiten berichten. Typisch für Märchen ist das Auftreten von Fabelwesen, von Hexen und Zauberern, Zwergen und Riesen.

In den nachfolgenden drei Märchen hat der Klabautermann die Rolle dieser phantastischen Wesen übernommen. Damit tritt uns eine Besonderheit entgegen: Das Fabelwesen ist einer Sage entlehnt worden. Der Klabautermann-Sage ist ein Klabauter entnommen worden, der so völlig anders ist als der aus allen 70 Einzelsagen bekannte Klabautermann.

So ist er im ersten Märchen „Die Schifferfrau und der Klabauter" rollenidentisch mit dem Fisch aus dem von Jakob und Wilhelm Grimm gesammelten Märchen „Der Fischer und seine Frau", und auch sonst vollbringt er märchenhafte Handlungen.

In der Literaturwissenschaft wird zwischen Volks- und Kunstmärchen unterschieden. Bei den mündlich und anonym übermittelten Volksmärchen ist kein bestimmter Urheber feststellbar. Kunstmärchen sind indes bewusste Schöpfungen von Schriftstellern. BLUNCK, der Autor der vorliegenden Klabautermärchen, hat drei neue phantastische Wundergeschichten erfunden. Seine Figuren entspringen – anders als die der Klabautermann-Sagen – völlig seiner Phantasie. Es sind märchenhafte Figuren, denn anders als bei Sagen sind Märchen frei erfunden. Bei seinen Kunstmärchen ist die Handlung im Gegensatz zu Volksmärchen (die grundsätzlich an einem bestimmten Ort spielen) in der Regel weder zeitlich noch örtlich genau festgelegt.

Die Schifferfrau und der Klabauter*

Der Abend bräunte das Wasser rund um die großen Ewer vom Fluss bis zum Kai.

Die junge Schifferfrau hatte es sich bequem gemacht, hatte das Strickzeug im Schoß und kam doch aus dem Nachsinnen nicht heraus. Ihr Mann war drüben an Land, hatte zu rechnen und zu handeln; sie war allein und hing, wie oft, ihren törichten Gedanken nach. Die gingen hoch zu Schlössern und großen Städten, schlüpften in seidene Kleider und goldene Schuhe und aßen von vornehmen Tafeln.

Die Häuser drüben am Kai hatten große dunkle Mäntel an und hüllten sich fester ein, drehten den Kopf ein wenig vorm aufsteigenden Mond, um tiefer zu schlafen.

Der Klabautermann hatte sich zum Bug des Ewers geschlichen, schmauchte sein Pfeifchen und blinzelte etwas spöttisch fromm zu der Frau hinüber. Er mochte das junge Weib gern; sie hatte bei aller Unzufriedenheit ein gutes Herz für ihn, hatte ihm auch jüngst vor einem bösen Feuer aus der Not geholfen.

Als sie nun vor lauter Sinnen nicht aus sich aufwachte, wollte er ihr wohl etwas Gutes tun und schlenderte, wie ein Schiffsherr gekleidet, langsam zu ihr übers Deck. „Was denkst, mein Deern?", fragte er. Die fuhr herum und sah den Fremden mit großen Augen an. „Ich möchte wohl" – die Frau sah den Alten an und sprach ihre Gedanken laut zu Ende –, „ich möchte wohl gern einen schönen Hof haben statt immer zur See zu fahren." Ehe sie sich besann, war der Ewer unter ihren

---

* Blunck, Hans Friedrich: Von Klabautern und Rullerpuckern. Märchen von der Niederelbe. Eugen Diederichs. Jena 1926. 264 Seiten. Seiten 117–120.

Füßen versunken. Sie stand auf einem Werder mitten in der Elbe, hinter ihr hob sich ein schöner Bauernhof mit braunem Ziegeldach, Türen, Fenstern und Heuboden. Sie wurde sehr froh, begann mit den Knechten und Mägden zu schalten, fand alles, wie sie es sich schon immer gedacht hatte, und war recht zufrieden.

Da lebte sie nun mehrere Wochen, bis die Ernte eingebracht war. Und sie wäre wohl glücklich geworden, hätte sie sich mit jemand besprechen können, wäre in der Einsamkeit nicht das Grübeln über sie gekommen. Sie musste oft weitersinnen, dachte, wie es wohl sei, wenn sie nicht nur die Insel hätte, sondern auch einiges vom Ufer drüben, das an die große Stadt grenzte. Ja, wie es wohl wäre, wenn sie nicht selbst als Bäuerin mit anzupacken brauchte, sondern immer mit glatten Fingern durch ein weißes Haus gehen könnte.

Als sie wieder einmal darüber grübelte, kam der Klabauter just als ein kleiner altmodischer Reiter den Weg vom Wasser zu ihr geritten, hielt an und grüßte: „Bist jetzt zufrieden, du?" Ach ja, aber lieber hätte sie ein Haus dicht bei der großen Stadt, sagte die Fischerfrau. „Das ist nicht schwer, mein Deern", sagte der Klabauter, „brauchst nur deine Augen anzustrengen und durch die Luft hindurchtreten, die um dich ist. Dann bist du zu Haus." Der Frau ward wohl ängstlich zumute, aber sie tat, wie ihr geheißen war, und wirklich, auf einmal wurden Hof und Baum durchsichtig; sie sah in eine Ferne, die rasch näher kam, während der Reiter neben ihr dahingaloppierte und der Staub flog. Und auf einmal sah sie ein schönes großes Haus vor sich, das trug Türme auf den vier Seiten und war von einem grünen Park und Graben umgeben. Hochrädrige Wagen fuhren vor und hielten am Tor, Herren mit wallenden Büschen stiegen grüßend aus. Die Fischerfrau war sehr verschämt, sah in ihren Schoß und zupfte an dem neuen vornehmen Kleid, das ihr angewachsen war. Aber der Klabauterreiter nahm sie selbst bei der Hand und sie wandelte mit ihm durch die hohen Zimmer, bis sie mit den Gästen zum gerüsteten Mahl kam. Die Köche sprangen, die Musik spielte, die ritterlichen Herren tranken ihr zu, das Weib war überglücklich und dachte nur immer, was ihr Mann wohl gesagt hätte, wenn er sie in so vornehmer Gesellschaft gesehen hätte.

Aber wie es nun einmal ist im menschlichen Leben, eine lange Weile ging es gut. Dann wurde das junge Weib der Kavaliere überdrüssig. Lästig war ihr der einförmige Tag und die einsame Nacht, die voller Gesichter war. Und als einmal unter der Schlosstreppe eine Kröte sie fragte, ob sie ihr Gutes tun dürfe, weinte sie bis in die Morgenfrühe.

Das merkte auch der Klabauter. Er ward ungehalten und drang in sie, was ihr noch fehle. Die Schifferfrau wusste es selbst nicht recht und fand alles unzulänglich. Endlich sah sie sich im Traum von reingoldenen Tellern essen, trug eine Krone auf dem Kopf und wünschte, Königin zu werden. Das wäre einmal etwas anderes, dachte sie. Es ginge wohl an, meinte der Klabauter zögernd. Wenn sie sich sieben Jahre und tausend Schritte weiter dächte, sei sie in ihrem Königreich. Und als das Weib es nicht recht zu tun wusste, nahm er ihre Hand, und sie schaute, wie alles in der Welt gleich gläsernen Bechern in- und übereinandersteht. Sie trat nur ein wenig weiter, höher oder tiefer und drehte sich siebenmal um sich selbst, da hatte sie, was sie sich wünschte.

Nun begannen wieder Lust und Leben und eine ausgelassene Fröhlichkeit zwischen Rittern und gelehrten Pfaffen, verrückten Hofnarren und betrunkenen Spielleuten. Oben aber an der

Tafel saß die Schifferfrau selbst mit dem Klabauter als König, und je schweigsamer er war, desto lauter juchheite sie über alles. Was war das für ein Leben! Was sie unterschrieb, war Leben und Tod. Krieg und Frieden, Gericht und Freiheit. Hohe Tage jagten sich mit Lautenspiel und Tanz, schimmernden Speerkämpfen und großen Schlachten zu Wasser und zu Lande. Aber je glücklicher die Frau als Königin tagsüber war, desto stiller wurde sie zur Mitternacht, obschon sie doch nun eine zackige Krone und goldene Ketten am Hals trug. Da geschah es eines Tages beim Ausritt auf die Reiherjagd, dass das Pferd ausglitt, fast hätte sie sich Schaden getan. Als die Herren nach der Ursache forschten, fanden sie eine kleine Kröte, die hatte der Huf zertreten.

Von der Stunde an ward das Weib schwermütig und in sich gekehrt. Sie sann immer, was das Tier ihr wohl Gutes hatte antun wollen, und vergoss im Traum viele Tränen. Je heller sie tagsüber lachte, desto dunkler und einsamer schienen die Nächte über ihr Lager zu gleiten und desto schwerer fühlte sie sich in ihrer Pracht.

Das währte eine ganze Zeit, denn sie versuchte ihren Kummer wohl zu verbergen. Aber das Zwielicht ihrer Gedanken gab keine Ruhe. Kein Fest und kein Spiel wusste sie über das Alleinsein ihrer Seele zu trösten. Da stellte der König sie eines Tages auf dem Gang unter ihrem Gemach und hielt sie an. Er hatte die gutmütigen Augen des Klabauters, seine Züge waren sehr weich in jener Stunde. Und er fragte die Frau, was ihr noch fehle, und verlangte, dass sie ihr Herz öffne. Die Schifferfrau lehnte sich voll Scham an die Mauer und schloss die Augen. Sie wagte erst nicht zu reden und erzählte es doch endlich: Um ganz glücklich zu sein, möchte sie wohl ein Kind um sich haben, flehte sie, dann wollte sie mit der Welt zufrieden sein, wie sie auch ausfalle. Der Klabautermann nickte nachdenklich und sah sie freundlich an. „Alles bleibt unfruchtbar", sagte er leise, „was nicht aus Liebe geschieht."

Er nahm sie noch einmal an die Hand und hieß sie sich um sich selbst drehen. Wieder sank die Flur unter den Füßen der Frau. Aber sie stürzte nicht, sie sank ganz schräg und sanft auf einen neuen Boden, der unter ihr aufwuchs. Und als sie recht hinschaute, saß sie plötzlich auf dem Bug ihres Ewers, hatte den Strickstrumpf in der Hand und die alten Kleider an. Der Abend dämmerte. Sie schaute an Land hinüber, ob der Schiffer nicht bald zurückkäme. Der Klabautermann hockte vorn bei der Fock und grinste.

Der Klabauter erzieht die Maschinenkerle[*]

Einmal war da wieder ein Kapitän im Hamburger Hafen, der kam mit seinen Leuten nicht mehr zurecht. Er hatte einen kleinen eigenen Dampfer, der allerhand zu tun hatte. Aber die Kesseljule spukte, die Kolbenknechte qualmten. Smook und Dampf trieben sich im Laderaum herum, und die alte Schraube schlief immer ein, wenn sie sich ein paarmal gedreht hatte. Kurz, es war ein Elend, er war nicht mehr Herr auf seinem eigenen Schiff. Eines Tages, als sie es gar zu toll getrieben hatten, wusste er sich nicht anders zu helfen, als den Klabauter zu Hilfe zu rufen.

---

[*] Blunck, Hans Friedrich: Von Klabautern und Rullerpuckern. Märchen von der Niederelbe. Eugen Diederichs. Jena 1926. 264 Seiten. Seiten 141–143.

In dem Augenblick, wo er den Namen ausgesprochen hatte, waren die Schelme fort. Und als der Klabauter wirklich und leibhaftig aus einer Ecke kam, wusste der erschrockene Kapitän nichts als trübsinnig herzustottern, was ihn doch alles bedrückte. Der Kleine war wohl just am Lesen gewesen, er hatte eine alte Brille schräg über der Nase und knitterte an einem Zeitungsblatt herum. Er hörte den Kapitän indessen aufmerksam an, seufzte gerade wie jener dreimal tief über die böse Zeit und meinte am Ende, das Beste sei wohl, das Schiff eine Weile stillzulegen. Er wolle versuchen, in der Zwischenzeit Ordnung zu schaffen. Nur etwas vom Kraut Teufelsbiss müsse er haben, das Zank stiftet, wo man es streut. Und einen Kalender, um die Zeit anzustreichen. Dem Kapitän ging das erst gar nicht in den Sinn. Aber der Klabauter gab ihm eine Empfehlung an die Riesen unterm Grasbrook mit. Die bauten Schiffe auf ihren Werften, die durch die Luft laufen. Und der Alte bekam auf das Schreiben auch einen richtigen Dampfer geliehen und machte allerhand Fahrten damit. Aber er konnte das Heimweh nach seinem Schiff auf die Dauer nicht überwinden, obschon es eine Freude war, hoch mit den Wolken bis Kap Verde herumzusegeln. Als er einmal früher zurückkam, als er gehofft hatte, wriggte er sich abends in trübem Schlickregen an sein altes Schiff, stieg an Bord und tappte sich durch die lichtlosen Gänge zur Kajüte hinunter. Da war allerhand Leben zu hören. Aber wie er leise eintrat, saß bei der alten Tranlampe niemand als der Klabauter. Er hatte ihm halb den Rücken zugekehrt, zerkaute die kurze Pfeife des Steuermanns zwischen den Zähnen und redete halblaut in sein Schnupftuch hinein.

Der Kapitän wollte sich bemerkbar machen, aber der Kleine war so geheimnisvoll, dass er sich nicht zu räuspern wagte. Man konnte auch allerhand Seltsames sehen und merken. Jedes

Mal, wenn der Klabauter sein Schnupftuch ausbreitete, nannte er einen Namen. Grade hatte er die Kesseljule gerufen, und schwupp! polterte es über Treppe und Deck heran. Aber es ward leichter, je näher es kam, zwängte sich durch alle Gänge und stolperte schließlich wie ein Daumen groß aus der Kajütenluke ins Taschentuch des Klabauters hinein. Kaum lag die Kesseljule drinnen, ging ein Heulen und Beschuldigen los: Die Schraubenalte hätte ihr Streit ins Bett genäht und Hans Dampf ihr das Maul zugehalten, und der Kolbenknecht hätte sie vor den Bauch getreten. So ging es weiter, ich weiß nicht, was für unnützes Zeug sie noch zu erzählen hatte. Der Klabauter hörte ernst zu. „Mefrau", sagte er dann, „sie langweilt sich, das ist alles." Er nahm einen tiefen Zug aus der Pfeife, qualmte die Kesseljule an, dass sie vor Husten ersticken wollte, schüttelte sie aus und knipste sie mit zwei Fingern genau zur Luke hinaus, dass sie quietschend und polternd und immer lauter rasselnd an ihren Platz zurückkehrte.

Der Kapitän machte ein verdutztes Gesicht, grinste verlegen, aber er sagte nichts. „Hein Kolbenknecht!", rief der Klabauter. Da grummelte es wieder im Schiffsbauch: Ein fürchterliches Getöse holperte die Treppe hinauf, wurde geringer und purzelte auf einmal winzig klein und stöhnend ins Schnupftuch hinein. Kaum lag's drinnen, da ging es auch wieder los. Und der Lump, der Smook, hätte ihm seine halbe Haut abgefressen, die Kesseljule hätte ihn dazu angestiftet, der Öltank hätte sich betrunken und so weiter.

„Meheer", sagte der Klabauter, „er langweilt sich." Nahm sein Schnupftuch, knotete es sorgfältig zusammen und klatschte ein paarmal damit gegen die Wand, dass es darin knackte und ächzte und um Gottes willen um Gnade bat. Dann wurde auch Hein Kolbenknecht wieder in seine Langeweile zurückgeknipst. Der Kapitän lachte schadenfroh.

„Hannes Schott!", rief der Klabautermann. Da klapperte es so kläglich und humpelte und jammerte schon auf der Treppe so erbärmlich, dass der Kapitän auf seinem Lauscherplatz vor lauter Schadenfreude laut herausplatzen musste. In dem Augenblick hörte der ganze Lärm auf der Treppe auf, es wurde einen Augenblick totenstill auf dem Schiff.

„Käppen!", rief der Klabauter. Und der fühlte, dass ihm die Glieder eintrockneten, dass ihm vor Unheimlichkeit und Angst das Herz fror und dass er, ob er wollte oder nicht, wie eine Ratte in das Taschentuch des Klabauters musste.

„Was hat er zu lachen?", fragte der Klabauter und wartete. Dem Kapitän trat nur ein einziger Schweißtropfen auf die Stirn, mehr konnte er nicht geben. Er sah dem Klabauter flehend in die kleinen grünen Augen, fühlte die Knoten schon zusammengeknüpft und sich mit zerbrochenen Gliedern an der Wand klebend.

Der Kopf des Klabauters hing groß wie eine Mondscheibe über dem Taschentuch. Der Kapitän stöhnte, er wollte sich verteidigen, aber er brachte kein Wort hervor. Der andere merkte wohl seine Reue, er wartete noch eine Weile und nickte ihm schließlich versöhnt zu. „Weil er's Maul hält, will ich ihm nichts nachtragen." Er sog an der Pfeife, die wie ein Riesenkürbis über dem Kopf des Kapitäns hing. „Aber merk er sich's, die Dummheit, über die er grinst, ist sein eigenes Missgeschick. Halt er auf seine Leute, so hält er auf sich." Der Klabauter sah den Kapitän noch einmal so recht nachdenklich an und qualmte rechts und links bei ihm vorbei, dass es nur so stank von verbranntem Stroh. „Und jetzt scher er sich." Der Kapitän ließ sich das nicht zweimal sagen. Er stolperte eilig aus dem Taschentuch, humpelte wachsend über die Tischkante und stand auf einmal wieder wie ein vernünftiger Mensch und Kamerad neben dem Kleinen.

„Junge, Junge", dachte er und versuchte sich zu besinnen. Er konnte erst nichts Rechtes sagen. „Du hast allerhand Verstand", sagte er zögernd. Er reichte dem Klabauter die Tatze. „Willst nicht halbpart mit mir machen?"

Aber der schüttelte den Kopf. „Sorg für Tabak, mein Junge, und lass mal einen Pfropfen offen. Ihr Menschen seid ein sonderbares Volk, ich habe keine Lust, euren Verstand zu teilen."

Der Klabauter plagt die Wucherer[*]

Es war eine schöne warme Sommernacht überm Strom, ganz still und friedvoll. Alle Schiffe schliefen fest. Nur auf einer Bark, die abseits des Fahrwassers dicht unter Land vor Anker lag, ging es hoch her und lärmte und grummelte. Der Schiffer und seine Leute hatten sich leichtsinnige Gesellschaft an Bord geladen: Da war ein Kreischen und Verfolgen und Pappeln und Schwatzen, das kein Ende nehmen wollte. Die Männer konnten sich's aber auch leisten, sie hatten zum dritten Mal Getreide über die verbotene Grenze gefahren. Ihr eigenes Volk litt Hunger, drüben wurde das Korn mit Gold aufgewogen, sie hatten das Gold genommen. Weil aber der Steuermann Bernd Moldeke dagegen geeifert hatte, banden sie ihn unten im Schiff an und tanzten über seinem Kopf. Das

---

[*] Blunck, Hans Friedrich: Von Klabautern und Rullerpuckern. Märchen von der Niederelbe. Eugen Diederichs. Jena 1926. 264 Seiten. Seiten 197–200.

Wasser gluckste draußen an den Bordwänden entlang. Es war dunkel im Raum, der dumpfe Geruch von Speit und Fäule stand um den Gefangenen.

Mitunter ging der Klabauter blass wie Seifenschaum an ihm vorbei. Er begriff nicht viel vom Streit und seinem Grund, aber er hatte Bernd Moldeke gern und wollte ihn aufheitern. Einmal brachte er ihm ein paar Stricknadeln, das waren eingefangene Sonnenstrahlen, sie glühten gelb auf, als er sie dem Gefangenen in die Hand drückte. Einmal stellte er ihm auch ein Regelspiel auf: Er sollte mit kleinen roten Mäusen nach dem König werfen. Aber der Steuermann stöhnte nur, er grübelte über Unrecht und Gerechtigkeit und wollte kein Spiel, wäre es auch der liebste Freund gewesen, der ihn besuchte. Er mühte sich nur immer wieder, dem Klabauter zu erklären, warum er unten im Raum angebunden lag. Der hörte ihn an, aber er verstand nichts von dergleichen.

Ob er denn keine Liebste zum Anvertrauen hätte, fragte er den Steuermann endlich. Ach, antwortete der, er hätte wohl eine, die wohne da und da und sei die Allerschönste und Treueste auf der Welt. Aber sie habe eine böse Zauberin als Mutter, die bewache sie so eifersüchtig, dass sie sich kaum besuchen könnten. Was hülfe es zudem, wenn sie käme und fände ihn in seiner Unfreiheit? Der Steuermann war so verhärmt und traurig, er predigte so stark gegen die Räuber und Wucherer, dass er gar nicht merkte, wie der Klabauter sich von ihm wegschlich, seine Schlittschuhe anzog und ohne ein Wort auf das andere ging.

Die auf Deck wurden währenddessen immer ausgelassener. Hatten die Männer zuerst noch ein schlechtes Gewissen wegen des Steuermanns gehabt, hatten sie mit dem Trinken bald alles vergessen. Die bunten Röcke der Mädchen flogen zur

Harmonika. Die Wolken um den Mond waren weiß wie das reinste Silber und spannten sich in Seilen drüben zum Land und zurück übers glitzernde sommerwarme Wasser zu den Bordwänden. Lustig war die Nacht wie unter der Mittlandsee, keiner horchte, keiner blickte um sich, keiner achtete auf des Nächsten Gesicht.

Der Klabauter hatte sich ungeschoren von Bord stehlen können. Er glitt federleicht über das glatte Wasser zur Stadt hinüber und herüber. Niemand achtete auf ihn, auch nicht, als er mit einer großen Last heimkam, die wie ein Jüngferlein im Sack aussah. Wie hatte der kleine Kerl daran zu schleppen und zu keuchen, was machte er für ein verschmitztes Gesicht unten im Raum, als er den Sack sorglich auspackte, die Stricknadeln anzündete und plötzlich des Steuermanns Herzliebste ins Schiff geschmuggelt hatte! Als sich aber alle drei lachend ins Gesicht sahen, saß dem Mädchen auf einmal eine Ratte auf der Schulter. Das war ihre Mutter, die ungesehen mit herübergekommen war. Noch ehe jemand nach ihr greifen konnte, pfiff sie, zischte dem Mädchen zu, dass sie ihre Buhlschaft büßen sollte, und war mit einem Satz auf und davon.

Der Klabauter half nun zwar flugs den Steuermann loszubinden, auch hatte die Dirn einen Gürtel bereit, der gegen Zauber schützt und den sie rasch um sich und Moldeke schlug. Aber die Dunkelheit waberte, sie hörten voll Grauen, wie oben auf Deck ein großes Lachen ausbrach und dann eine lautlose Stille, als die Ratte von des Steuermanns Liebste erzählte. Und richtig, es dauerte nicht lange, da brüllte die Schar los, da polterte es schon mit Äxten und Stangen, mit Juchhu und Hallo die Treppe hinunter, um Bernd Moldeke und sein Mädchen zu fangen. Fackeln knisterten. Seestiefel knarrten, auch alle Weiber wollten dabei sein, stolperten übereinander und durcheinander zwischen Winden und Trägern des Laderaums hindurch auf die letzte Ecke zu, wo der Steuermann wartete. Voran, mitten im hellsten Licht, schritt eine riesengroße Ratte, die wie ein Weib in Kleidern ging und mitten im grölenden Schiffsvolk sich doch jedermann mit Püffen und Stößen vom Leibe hielt. Ganz nahe rückten die Leute dem Steuermann zu Leibe. Der stellte sich mit zwei Sparren in den Fäusten bereit, um sein Leben so teuer wie möglich zu verkaufen. Aber gerade als er mit dem Schiffer handgemein werden wollte, setzte plötzlich ein dünnes Pfeifenspiel ein. Die Männer stutzten, wichen aus, horchten und mussten lächeln, als streichelten die Töne sie um den Hals. Eine sonderbare Verwandlung geschah mit ihnen. Die einen steckten die Fackeln in Ringe und hoben die groben, zerrissenen Gesichter andächtig nach oben, die andern zogen die Köpfe auf die Schultern und sangen halblaut in sich hinein. Die Ratte trat vor den Schiffer, knickste wie eine Jungfer. Und der ließ den Steuermann fahren, musste sich drehen zum Klabauterspiel. Dabei geschah das andere Unbegreifliche. Bei der ersten Fackel hatte der Schiffer lange spitze Ohren und Schneidezähne, bei der zweiten ein graues Fell im Gesicht, und bei der dritten fielen ihm die Kleider vom Leib, es tanzte schon ein nackter Rattenkerl. Ei, wie lachten die andern über den Spaß! Betrunkene warfen ihn zur Seite, wollten selbst mit der Fremden tanzen und verwandelten sich gleich ihm. Der Schiffer aber hatte ein Mädchen um die Hüften genommen, das ihm ähnlich ward und wie eine Rattenfrau zu pfeifen begann. Keiner konnte aufhören, einer warf sich dem andern in die Arme, Männer und Frauen steckten sich an mit ihrem grauen Fell und ziepten und quietschten vor Krankheit und Verrücktheit, bliesen in die Fackeln, schwitzten ihren Trunk in die Luft und schleiften und hüpften mit grauem Fell und Pfoten über den Boden, dass der ganze Raum knirschte und ächzte. Ein paar Mal, als es draußen dämmerte und die Nacht zu Ende ging, wollte die Mutterratte Halt gebieten. Der Klabauter spielt aber nur alle einhundert Jahre. Hat er einmal begonnen, ist's wie eine Hexerei, vor der weder Mann noch Weib anhalten kann. Die Fackeln schwelten schon am Ende, aber die Schwänze pfiffen und schnarrten noch immer über den Boden. Aus der offenen Luke kam das Morgengrauen, aber Schiffer und Dirnen mussten weiter mit grauen Fellen umeinandertanzen, da half kein Schreien und Flehen und Erbarmen. Die Schnauzen begannen sich zu beißen vor Wut und Angst und Müdigkeit. Die Pfoten kratzten sich blutig, aber Männer und Frauen mussten ihre Rücken drehen, bis einer nach dem andern halbtot zu Boden sank. Die Hexe aber, die die armen Verzauberten nun rasch hätte rückwandeln und wieder zu Menschen machen können, rang selbst mit ihrer ohnmächtigen Müdigkeit. Sie merkte, dass eine stärkere Kraft ihr über war, und beschloss in ihrer Todesfurcht, alles im Stich zu lassen, passte ein Trillerende ab und witschte wie ein Pfeil aus dem Raum. Da mussten die Tänzer, die zu Boden fielen, echte graue Ratten bleiben. Sie schleppten sich noch drehend in die äußersten Verstecke und nagten und kratzten und richteten sich gleich wirkliche Lager zusammen. Erst als der Tag anbrach, hörte das Spiel auf. Es wurde still auf dem Schiff, auch der Klabauter war nicht mehr zu sehen.

Der Steuermann und sein Mädchen hatten indessen, in ihrem Gürtel versteckt, voll Entsetzen und Mitleid alles mitangesehen, ohne dass der Tanz ihnen etwas angetan hätte. Jetzt waren sie die beiden einzigen Menschen auf dem Fahrzeug und es war ihnen sehr unheimlich zumute. Sie suchten bis Mittag nach dem Spuk und nach ihrem Befreier, dann brachten sie das Wuchererschiff unter frischem Wind flussaufwärts und ließen es im Hafen an die Kette legen.

Das Gericht hat Bernd Moldeke und seiner Braut die Bark zugesprochen, sie hat unter ihnen noch manch gute Fahrt gemacht. Von den Ratten haben sie nicht viel Böses mehr erfahren. Sie haben sich gleich im Hafen verzogen, vielleicht hat sie ihr schlechtes Gewissen auf andere Schiffe getrieben.

3. Literaturverzeichnis

Aick, Gerhard: Sagen der verlorenen Heimat. Verlag Carl Ueberreuter. Wien 1959. 320 Seiten.

Baier, Rudolf: Beiträge von der Insel Rügen. In: Zeitschrift für Deutsche Mythologie und Sittenkunde 2 (1855), Seiten 139–146.

Beckmann, Paul (Hrsg.): Richard Wossidlo: Reise, Quartier in Gottesnaam. Das Seemannsleben auf den alten Segelschiffen im Munde alter Fahrensleute. Carl Hinstorffs Verlag. Rostock 1952. 323 Seiten.

Blunck, Hans Friedrich: Von Klabautern und Rullerpuckern. Märchen von der Niederelbe. Eugen Diederichs. Jena 1926. 264 Seiten.

Buss, Reinhard Johannes: The Klabautermann of the Northern Seas. An Analysis of the Protective Spirit of Ships and Sailors in the Context of Popular Belief, Christian Legend, and Indo-European Mythology. In: University of California Publications. Folklore Studies: 25. University of California Press. Berkeley and Los Angeles 1973. 138 + 10 Seiten.

Fischer, Heinrich-Ludwig: Das Buch vom Aberglauben. Band I. In: Volkskundliche Quellen – Neudrucke europäischer Texte und Untersuchungen. Reihe II. Georg Olms Verlag. Hildesheim – Zürich – New York 2006. 352 Seiten.

Frischbier, H.: Der Klabautermann. In: Am Urquell: Monatsschrift für Volkskunde 1 (1890) Nr. 8. Seiten 134–135.

Gerndt, Helge: Fliegender Holländer und Klabautermann. In: Schriften zur Niederdeutschen Volkskunde. Bd. 4. Göttingen 1971. 264 Seiten.

Harmel, Siegfried: Der sagenhafte Klabautermann. Verlag Books on Demand. Norderstedt 2008. 176 Seiten.

Hennig, Richard: Der moderne Spuk- und Geisterglaube. Eine Kritik und Erklärung der spiritistischen Phänomene. Gutenberg-Verlag Ernst Schultze. Hamburg 1906. 367 Seiten.

Kohl, Johann Georg: Die Marschen und Inseln der Herzogthümer Schleswig und Holstein. Nebst vergleichenden Bemerkungen über die Küstenländer, die zwischen Belgien und Jütland liegen. Zweiter Band. Arnoldische Buchhandlung. Dresden – Leipzig 1846. 398 Seiten.

Kunze, F.: Der Klabautermann als Schiffsgeist. In: Heimat, Kiel 1903, Seiten 130–135.

Müller, Conrad: Der Klabautermann in Sage und Dichtung. In: Germanische Erinnerungen. Der Alma Mater Vratislaviensis zum Jubelstrauß gebunden. Schall und Rentel. 220 Seiten. Berlin 1911. Seiten 91–99.

Schmidt-Fischerbrook, Wilhelm: Schippermärken un Seemannssagen. Hinstorff Verlag. Rostock 1996. 120 Seiten.

Siebs, Benno Eide: Die Wangerooger. Eine Volkskunde. (Unveränderter Nachdruck der Ausgabe des Verlages von A. D. Littmann. Oldenburg 1928. Mit Ergänzungen des Autors „Zur Volkskunde der Insel Wangeroog".) Schuster Verlag. Leer 1974. 105 Seiten.

Werner, Reinhold: Das Buch von der Norddeutschen Flotte. Verlag Velhagen & Klasing. Bielefeld und Leipzig 1869. 462 + 8 Seiten.

Wossidlo, Richard: Reise, Quartier in Gottesnaam. Das Seemannsleben auf den alten Segelschiffen im Munde alter Fahrensleute. Bd. II. Carl Hinstorff Verlag. Rostock 1943. 280 Seiten.

Über den Autor

Siegfried Harmel wurde 1945 in Stralsund geboren. Nach dem Abitur, einer Lehre als Schiffsschlosser und dem Lehramtsstudium war er in der sportwissenschaftlichen Forschung und Lehrerausbildung tätig. Seine von 1974 bis 1986 veröffentlichten Bücher befassen sich deshalb auch ausschließlich mit pädagogischen und sportwissenschaftlichen Themen.

Der selbständige Unternehmer und freiberufliche Autor lebt seit 1989 an der Mosel.

2009 erschien von ihm „Das total andere Buch über Küchenkräuter", 2011 „Das etwas andere Buch über Küchenkräuter"; beide im Krone-Verlag, Lünen/Westfalen.

Der von Siegfried Harmel 2005 in Stralsund gegründete „Klabautermann-Club für Deutschland" (www.klabautermann-club.de) will die ethnologisch wertvollen Überlieferungen um den ambivalenten Schiffsgeist bewahren. Dieser Aufgabe dienen bereits seine Bücher:

„Sagen vom Klabautermann"
(Hinstorff Verlag, Rostock 2008)

„Der sagenhafte Klabautermann"
(Verlag Books on Demand, Norderstedt 2008)

„Klabautermann – Sagen und Gedichte"
(Verlag Books on Demand, Norderstedt 2009)

„Klabautermann – Sagen und Gemälde"
(Verlag Books on Demand, Norderstedt 2010)

sowie die 2011 bei Books on Demand gestartete Reihe
„Kulturhistorische Betrachtungen des Klabautermanns" mit
den Einzeltiteln:

Erstes Bändchen:
Grundlegendes zur Figur des Klabautermanns sowie die „beschreibenden Klabautermann-Sagen" mit Gesamtvorwort zur Reihe

Zweites Bändchen:
Die sprachliche Herkunft des Namens „Klabautermann" sowie die Erzählsagen der Gruppe „Der Klabautermann als Vorzeichen"

Drittes Bändchen:
Einordnung der Klabautermann-Figur in die Reihe der Sagengestalten sowie die Erzählsagen der Gruppe „Der Klabautermann enthüllt Fehler" mit einem Exkurs „Sagen von Zwergen"

Viertes Bändchen:
Die Verbreitung der Klabautermann-Sage an sich, das System der einzelnen Sagen vom Klabautermann sowie die Erzählsagen der Gruppe „Der Klabautermann hilft"

Fünftes Bändchen:
Vorläufer und Herkunft des Klabautermanns, Klabautermann und Fliegender Holländer sowie die Erzählsagen der Gruppe „Der Klabautermann straft"

Sechstes Bändchen:
Die „Entstehung" eines Klabautermanns, sein Eindringen ins Schiff und seine häufigsten Aufenthaltsorte sowie

die Erzählsagen der Gruppe „Dem Klabautermann wird zugeschrieben" mit einem Exkurs in die belletristische Klabautermann-Literatur

Siebentes Bändchen:
Das äußere Erscheinungsbild des Klabautermanns sowie die Dialogsagen der Gruppe „Szene zwischen einem Klabautermann und einem Menschen"

Achtes Bändchen:
Das Naturell des Klabautermanns sowie die Dialogsagen der Gruppe „Szene zwischen zwei bis drei Klabautermännern und einem oder mehreren Menschen"

und dem hier vorliegenden **Neunten Bändchen**.